MAX ET LES POISSONS

© 2015 Éditions NATHAN, SEJER, 25 avenue Pierre-de-Coubertin, 75013 Paris
Loi n° 49-956 du 16 juillet 1949 sur les publications destinées à la jeunesse,
modifiée par la loi n° 2011-525 du 17 mai 2011.
ISBN : 978-2-09-255535-4
Dépôt légal : février 2015

MAX
ET LES POISSONS

Sophie Adriansen

Illustrations de Tom Haugomat

Nathan

À Hélène Schmeidler
À la mémoire de Daniel Darès
Aux enfants de juillet

Pour Pierre Laumant

J'ai mon poisson ! Il est rouge, avec un peu de jaune. Ils sont tous rouges ou argent, mais le mien est le seul qui soit tacheté de jaune. C'est ma récompense : à l'école, j'ai reçu un prix d'excellence.

Je l'ai appelé Auguste, parce que ses couleurs me rappellent celles du chapiteau du cirque, et que le clown si drôle s'y nommait Auguste. Je le rapporte dans une poche en plastique pleine d'eau. Je le tiens fièrement. Qu'il est beau ! Ces grandes vacances vont être incomparables.

L'eau se met à faire des petites vagues.

Maman serre ma main un peu plus fort. Au bout de la rue passent des Allemands. Ça fait un bruit du tonnerre. Les Allemands, ce sont des gens en uniforme vert foncé qui portent des fusils et ne sourient jamais. Ils marchent souvent tous en même temps et font trembler les rues avec leurs bottes en fer.

La guerre, ça fait marcher les Allemands dans les rues et serrer fort les mains des petits garçons.

J'ai mis Auguste dans un grand bol, et j'ai posé le bol près de la fenêtre pour qu'Auguste voie le ciel bleu et plein de soleil.

Le soleil fait briller mon étoile. Comme si elle était cousue de fils d'or.

J'ai été recensé au commissariat de police. C'est là qu'ils m'ont donné mon étoile. Papa, maman et Hélène en ont eu une aussi. Papa m'a dit qu'il ne fallait pas que je m'inquiète.

– L'étoile, c'est pour savoir qu'on est bien nous, m'a-t-il expliqué.

Je ne m'inquiète pas, même si je trouve

ça un peu bizarre. Évidemment que je suis bien Max Geiger.

Je trouve ça joli, une étoile.

Le lendemain, j'ai changé d'avis. Quand je suis entré dans la cour de l'école, tout le monde m'observait. Les enfants regardaient d'abord mon étoile, puis mon visage.

– Regardez le youpin, avec son étoile de mer !

François m'a lancé en riant :

– Ça pue, une étoile de mer ! T'aurais pu te rincer !

Ça m'a donné honte et je me suis mis à pleurer.

Monsieur Pascal est venu me trouver. Il s'est accroupi pour être grand comme moi et m'a dit :

– Tu es le meilleur élève de la classe. L'étoile n'y change rien. Regarde, tu n'es pas le seul à en porter une. La classe est une constellation, chacun brille à sa façon. Il faut continuer à bien travailler. Tu es un bon garçon, Max.

À partir de ce jour-là, le directeur nous a appelés les enfants à l'étoile.

Pour voir, en enlevant mes habits j'ai reniflé mon étoile. Elle ne sent rien, rien du tout.

Comme c'est les vacances, je peux veiller tard. À cause du couvre-feu, papa est là tous les soirs maintenant, et on peut jouer aux cartes ou dessiner. Papa est très fort en dessin. C'est son travail : il fait des dessins pour des livres, pour des affiches, et aussi sur les vitrines des magasins. C'est toujours joli.

Le couvre-feu, ça nous fait rentrer à la maison plus tôt que d'habitude. Nous n'avons pourtant pas de cheminée dans l'appartement. Papa, ça le fait râler, mais moi, je suis content qu'il ait plus de temps pour m'apprendre à dessiner.

Plus tard, j'aimerais bien être dessinateur comme lui. Ou travailler dans un cirque.

Je m'entraîne à dessiner avec Auguste. C'est simple de faire le contour d'un poisson, mais ensuite il faut s'appliquer pour les détails. Impossible de reproduire parfaitement les écailles, qui semblent à la fois douces et rigides. Et Auguste n'est pas un modèle facile, il tourne sans arrêt dans son bol.

Peut-être qu'il s'ennuie. Moi, je m'ennuierais si j'étais seul dans l'impasse, sans Bernard et Daniel pour jouer. Alors dans un bol…

La semaine prochaine, c'est mon anniversaire. Je crois que je vais demander à avoir un deuxième poisson. Ça fera un camarade pour Auguste.

J'ai quelque chose de précieux : ça s'appelle une carte d'alimentation. Il y en a de différentes couleurs. On découpe les tickets un à un, on les colle.

Les cartes d'alimentation servent à faire les commissions. C'est très sérieux. On donne les tickets au marchand et on repart avec des provisions. Du pain et du lait, parfois de la viande, du sucre, un peu de fromage. Il y a toujours du monde, il faut faire la queue. C'est normal : tout le monde doit manger. Maman rencontre souvent une dame qu'elle connaît. Mais on ne doit pas trop discuter, il faut bien garder sa place dans la file sinon il risque de ne plus rien rester. Ça nous est déjà arrivé, et papa a grondé maman quand nous sommes revenus.

Avant, j'avais une carte J1, maintenant je suis J2. C'est que je vais avoir huit ans. Il y a mon nom et un chouette tampon. Je me sens important, d'avoir ma carte d'alimentation. Ce n'est pas rien.

Papa et maman ont des cartes marquées d'un grand A. Hélène, maintenant, est J3. Il faudra que j'attende d'avoir treize ans pour être J3 moi aussi.

Papa et maman se souviennent comment était la vie avant la guerre. Moi pas. L'été dernier, c'était déjà la guerre. L'été d'avant aussi. Et celui d'encore avant, nous étions au bord de la mer et soudain il a fallu rentrer précipitamment à Paris.

La guerre, ça commence l'été et ça empêche de faire des châteaux de sable.

La guerre, ça empêche d'aller se baigner dans l'eau salée.

La guerre, ça remplace les vacances à la plage par les jeux dans l'impasse avec Daniel et Bernard.

Demain c'est mon anniversaire ! Bernard, Daniel, et aussi Marc, Philippe, Benjamin et puis Lisa et Sophie, les voisines, vont venir chez nous. Maman réserve le sucre et le beurre depuis des jours pour me préparer un bon gâteau. Je vais souffler huit bougies d'un coup ! J'espère que Papa m'aura fait un beau dessin. Je sais qu'Hélène me fabrique un cadre en pâte à sel. L'autre jour, elle a rapporté de la farine de chez sa copine Alice et elle l'a dit à maman. J'ai fait semblant de ne rien entendre.

Je vais surtout avoir un deuxième poisson. J'avais prévu d'en choisir un argent mais maman m'a dit qu'il faudrait que j'en prenne un de la même famille qu'Auguste si je veux le mettre avec lui dans le bol. Sinon Auguste risquerait de manger le poisson argent. Il semble pourtant incapable de faire du mal à une mouche.

Est-ce qu'il y a des poissons juifs et d'autres pas juifs ? Nous, on est juifs. C'est pour ça qu'on a des étoiles cousues à nos habits. Papa et maman me répètent qu'être juif, ce n'est pas avoir fait quelque chose de mal. Mais je n'arrive pas à les croire.

J'ai l'impression que ce n'est pas bien, d'être juif maintenant.

La mère de Sophie et Lisa est venue parler à maman. Elle craint qu'il y ait une rafle demain. Demain, le jour de mon anniversaire ! Elle a dit ça comme si c'était quelque chose d'affreusement effrayant.

Papa et maman ne sont pas d'accord. Papa dit qu'il faut se cacher, maman dit qu'on n'a rien à se reprocher et qu'on doit rester chez nous.

Je ne sais pas ce que c'est qu'une rafle. J'ai cherché le mot dans le gros diction-naire de papa. « De l'allemand *raffen*. Emporter vivement. Opération policière

exécutée à l'improviste dans un lieu sus-
pect. Arrestation massive de personnes. »

À mon avis, la mère de Lisa et Sophie
se trompe. Demain, il ne va rien se passer
d'autre que mon anniversaire.

Et j'ai hâte d'y être. Il fait nuit, plus
qu'un sommeil et j'y suis. Le ciel est plein
d'étoiles. Moi, avec la mienne, je suis un
shérif.

J'ai fait un rêve fantastique.

On venait nous chercher pour nous emmener à l'école, et tous ceux qui portaient une étoile comme moi recevaient un prix d'excellence. Cette fois, c'était les autres qui pleuraient, ceux qui n'avaient pas d'étoile. Plus personne ne pensait à rigoler avec les étoiles de mer qui ne sentent pas bon. De toute façon, les rêves n'ont pas d'odeur.

Le maître m'en donnait une deuxième, d'étoile, et avec un velcro il la collait à ma poitrine, à côté de la première cousue par maman. Il me nommait shérif en chef, et capitaine de classe.

Tout le monde m'applaudissait, et j'avais un nouveau poisson.

C'était merveilleux.

On vient vraiment nous chercher. Cette fois, je suis bien réveillé. C'est la précipitation. Ça bouge dans tous les sens. Je n'ai jamais entendu autant de bruits à la fois dans l'immeuble. La mère de Sophie et Lisa pleure et crie. Elle est en chemise de nuit. Quelqu'un est tombé en descendant les marches. Les voisins disent « rafle » dans l'escalier, le mot fait le son du balai à poils secs qu'on passe sur le sol.

Mais les hommes qui nous emmènent ne sont pas des Allemands. Ça n'est pas ce qu'a dit le dictionnaire. Ces hommes ne sourient pas non plus, mais ils parlent le français. En bas, il y a des gens de la police, avec sur la tête des chapeaux.

Maman a mis quelques affaires dans la petite valise en carton. Des vêtements, et un peu de nourriture.

Papa emporte son carton à dessins et glisse dans sa poche sa boîte à couleurs et ses crayons.

Hélène a pris son carnet intime et quelque chose de carré enveloppé dans une feuille de journal. Je crois que c'est mon cadre. Si ça se trouve, il y a un dessin de papa dedans.

Aujourd'hui, c'est mon anniversaire, mais personne encore n'a pensé à me le souhaiter.

– Auguste !

J'éclate en sanglots. Je l'ai oublié ! Il est resté là-haut, dans son bol ! Que va-t-il devenir, sans moi ? Je l'abandonne le jour même où je devais lui donner un camarade.

– Qui donc est cet Auguste, mon bonhomme ? Ton frère ? Ton père ? Ton pépé peut-être ? me demande un chapeau.

Je me tords le cou en direction de l'appartement, sans répondre au monsieur que papa est derrière lui, que papi est mort et que je n'ai pas de frère. Les larmes envahissent l'intérieur de mon corps et s'arrêtent juste au bord de mes yeux.

– C'est… c'est le poisson… de mon prix d'excellence…

Trop tard. J'ai débordé.

– Ne pleure pas bonhomme, tu le reverras, ton poisson.

Le monsieur a l'air bien au courant, cela me rassure. Mes larmes repartent en arrière.

– Où on va ? Pourquoi on nous emmène ?

– C'est pour des renseignements. On va au commissariat des Lilas.

Je pense que peut-être, ils vont nous recenser à l'envers, et qu'on enlèvera nos étoiles. Plus personne ne rira de moi à l'école à la rentrée.

Si je dois rendre mon étoile de juif shérif, s'il faut la découdre de mon vêtement, je trouverai une ruse pour la garder quand même. Je la mettrai dans la poche de mon bermuda, et je dirai que je l'ai perdue.

Personne n'a le droit de me la reprendre. Donner, c'est donner. Elle est à moi à présent.

Lilas, c'est un joli mot. Un nom de fleur. Je le sais parce qu'il y en a dans l'impasse. Les lilas, c'est mauve et ça sent bon.

Quand il commence à y avoir des lilas, ça veut dire qu'on ne va plus avoir froid, et que tout ira bien.

C'est une double fleur : on dirait une grosse fleur de loin mais, de près, on voit qu'elle est formée de plein de toutes petites fleurs.

On va aux Lilas. C'est une promesse. Il ne peut rien arriver de mal dans un endroit qui porte un nom pareil.

Nous sommes au moins mille. J'ai essayé de compter, mais je n'ai pas appris à aller si loin. Il y a des gens partout. Des parents, des enfants, des valises en cuir et en carton. Aucun poisson, évidemment.

Les policiers vérifient nos noms et leurs listes. Papa essaye de discuter, il pose très poliment des questions. Les policiers n'ont pas le temps de répondre.

Il n'y a pas de lilas aux Lilas. Mais ils m'ont laissé mon étoile. Ouf !

— On rentre chez nous ?

Si ça se trouve, ça n'était que ça, et maman aura le temps de faire mon gâteau avant que les copains arrivent.

— Non Maxou, pas pour l'instant.

Je n'aime pas trop que maman m'appelle Maxou. Elle me dit qu'on va à Grenelle. Ce n'est pas aussi joli que Lilas, Grenelle, mais ce n'est pas trop vilain non plus. C'est un peu comme grenaille. Ou quenelle.

C'est une sorte d'immeuble rond.

— On dirait une tortue géante, tu ne trouves pas ? me demande papa.

Je ne trouve pas. Peut-être qu'il y a un

cirque à l'intérieur ? Avec des clowns, une fanfare, des lions et une otarie qui fait tourner un immense ballon multicolore sur le bout de son nez. Et aussi une dame qui pirouette cacahuète debout sur un cheval, et une autre qui danse sur un fil, suspendue dans les airs.

S'il y a un cirque, mes huit ans seront mon plus bel anniversaire.

Il n'y a pas de chapiteau. À l'intérieur, ce n'est pas un cirque mais un palais des sports. Il y a de l'herbe au milieu, une piste de bois autour où faire des glissades même s'il ne faut pas trop s'amuser à ça. Et puis, jusqu'en haut, il y a des rangées de gradins. Je suis sûr que tous les habitants de Paris logeraient là.

C'est immense. C'est plus grand qu'une ville entière. Cette fois, on est mille, et mille, et mille. Encore plus nombreux qu'aux Lilas. Et quel bruit ! Ça fait comme des bourdonnements d'avion du sol au plafond. Même si je me bouche les oreilles avec les mains, je les entends encore.

J'ai aperçu Daniel avec ses trois frères, ses parents et sa mamie.

Nous nous faisons signe de nous retrouver pour jouer. J'ai deux billes dans ma poche. Papa m'autorise à descendre en bas des gradins, mais je ne dois pas aller trop loin et surtout, surtout, je ne dois pas viser les policiers.

Je me trouve moins fort que dans l'impasse. C'est peut-être à cause du sol qui est différent. Ou alors c'est Daniel qui a progressé.

— Et Canaille ? je demande soudain.

Canaille, c'est le chat de Daniel.

— C'est un chat de gouttière, fait Daniel en haussant les épaules, alors il peut se débrouiller quelque temps sans nous.

Tout à coup, je pense à Auguste, seul dans son bol, dans le silence de l'appartement, et la tristesse m'envahit.

Nous avons dormi sur un banc, enroulés dans nos vêtements. Ça n'était pas très confortable. Il fait trop chaud. J'ai faim et j'ai soif. Je n'ai pas emporté ma carte d'alimentation. J'ai vraiment oublié le principal. Une vraie tête de linotte.

Il y a tout le temps du bruit, des petits qui pleurent, des grands aussi. Les gens font pipi n'importe où. Ça ne sent pas très bon. C'est une odeur qui pique les narines. Des dames mettent un foulard devant leur nez pour être moins gênées.

Je repense à François qui disait à l'école

que j'aurais pu me rincer. Presque tous les gens ici portent une étoile.

Je trouve le temps long.
Je n'aime pas tellement attendre.
On aurait aussi bien pu dormir chez nous et revenir ici ce matin. Ç'aurait été plus simple pour tout le monde. Et puis on aurait pris un petit-déjeuner au lieu de grignoter les brisures de galettes que maman a sorties de son sac.
Mais je comprends bien qu'on ne fait pas ce qu'on veut.

Maman dit que l'impasse n'est vraiment pas loin à vol d'oiseau. J'aimerais bien grimper sur le dos d'un oiseau. Il battrait des ailes et hop ! il me déposerait dans l'impasse.
C'est moi l'oiseau. C'est nous tous, les

petits oiseaux. À peine quelques miettes de pain à grignoter. Et tous dans une grande cage.

Là-haut, on aperçoit le ciel entre les barreaux. Dehors, il fait beau.

Cette nuit, je n'ai pas vu les étoiles.

Tout en bas des gradins d'en face, une porte s'ouvre.

– Debout, Max, dépêche-toi ! m'ordonne maman.

On va rentrer chez nous pour de bon ! Je vais retrouver Auguste et enfin lui donner un compagnon. Je vais pouvoir souffler mes bougies et avoir mes cadeaux. Huit ans ! Tant que je n'ai pas éteint toutes mes bougies d'un coup, tant qu'on n'a pas mangé le gâteau, j'ai l'impression de ne pas les avoir.

Exceptionnellement, pour quelques heures, j'ai encore sept ans. Papa dit que c'est l'âge de raison.

Les gens qui nous gardent ne peuvent pas être méchants, puisque ce ne sont pas des Allemands. Après tout, c'est normal que la police vérifie les renseignements de temps en temps. C'est seulement dommage qu'elle ait choisi de le faire le jour de mon anniversaire.

Mon anniversaire, papa et maman me l'ont souhaité hier soir dans les gradins en m'embrassant avant de me dire bonne nuit. Hélène ne m'a pas donné mon cadeau. Je suis sûr qu'elle attend qu'on soit rentrés à la maison.

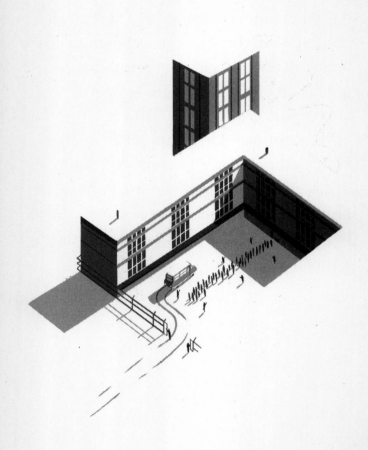

Nous ne rentrons pas chez nous. Nous partons à la campagne. Je vois bien que ça n'est pas une bonne nouvelle. Maman a sa tête de chien tout triste qu'elle a eue pendant des jours et des jours quand papi est mort.

Auguste doit avoir faim, comme moi. Si ça se trouve, il n'a presque plus d'eau.

Là où on arrive, ça s'appelle Drancy. Ce n'est pas vraiment la campagne. Pas du tout, même. Il y a des immeubles pas bien hauts mais très longs, ça forme un grand U. Nous n'avons pas voyagé longtemps, mais ce n'est plus Paris.

Je ne reverrai jamais Auguste, je commence à le comprendre. Il va mourir et flottera sur le dos, la bouche ouverte, fixant le plafond de l'appartement, avant que l'eau restante s'évapore et qu'il devienne un petit poisson tout séché.

On s'entasse. Je n'ai plus revu Daniel. Je ne sais pas ce qui se passe, mais j'ai peur. Parce que papa, maman et Hélène ont peur eux aussi. Je le sens. Et quand les grands ont peur, c'est comme une couverture toute râpée par laquelle passe le jour : ça ne protège plus de rien.

Nous avons dormi dans une petite chambre. C'est mieux qu'au palais des sports, mais nous sommes quand même serrés comme des sardines.

Ce que j'aime bien ici, c'est qu'il y a du dehors. On respire. Et aucun problème pour ouvrir les fenêtres : il n'y en a pas.

On a le droit de sortir pour marcher. Des hommes, perchés dans leur tour, vérifient qu'on ne fait pas de bêtises. Je n'ai plus tellement l'impression d'être dans une cage, mais on ne peut tout de même pas faire ce qu'on veut. Par exemple, je ne dois plus courir, sinon les hommes perchés peuvent croire que je vais fuir.

– Et tu ne voudrais pas qu'ils croient ça, n'est-ce pas ? me demande papa.

Non, bien sûr que non.

Lisa, Sophie et leurs parents sont là. Je les ai aperçus, ils sortaient d'un immeuble pour monter dans un bus. Quelle chance ! Sûrement qu'ils rentrent chez eux.

Le père de Lisa et Sophie s'est fait couper les cheveux. Je l'ai remarqué tout de suite, parce que d'habitude ça lui fait une grosse masse sombre sur la tête. Maintenant, il a le crâne presque lisse, ses gros sourcils ressortent.

Papa doit lui aussi aller chez le coiffeur. Ce soir, m'a-t-il dit. J'espère qu'on lui rasera aussi la barbe. Il commence à piquer sacrément. En attendant, il dessine les gens et les immeubles. Avec seulement du noir, du gris et du blanc.

J'aurais dû demander à Lisa et Sophie de passer vérifier qu'Auguste va bien. Pourquoi je ne pense jamais aux choses importantes ?

Je vais faire pipi avec papa. Les toilettes sont à l'extérieur des bâtiments.

Nous faisons la queue. Tout le monde a décidé de faire ses besoins au même moment ou quoi ?

Derrière les toilettes, j'aperçois quelque chose de brillant par terre. Je quitte la file un instant et je m'approche. On dirait un petit poisson argenté. Je tends la main pour le saisir mais le poisson fait un bond en arrière. J'avance d'un pas. Un autre bond. Un autre pas. Encore un bond. Encore un pas.

Je tombe nez à nez avec un des gardes

des immeubles. Je n'ai le temps de rien dire qu'il m'entraîne déjà derrière le bâtiment.

– Chut, pas de bruit. Ne fais pas de bruit, surtout pas de bruit. Nous ne te voulons aucun mal.

Je sens une main sur mon épaule et une autre sur ma bouche. Le garde me donne à un autre homme. Le grillage me griffe le bras au passage.

Je me débats. Je remue mes jambes dans le vide. L'homme me porte. Je voudrais crier, mais il m'en empêche. Quand on ne veut aucun mal à un enfant, on n'a pas besoin de le dire, normalement.

Je pleure. L'homme marche de plus en plus vite, il court à présent. Est-ce qu'un garde perché nous a vus ?

Il y a une voiture. La portière s'ouvre. L'homme me donne à la femme assise à l'intérieur. Je hurle mais la portière s'est déjà refermée, on ne m'entendra pas.

La voiture démarre. Je ne veux pas aller avec cette dame et ce monsieur, pas celui qui m'a attrapé mais un autre, assis derrière le volant. Je ne les connais pas. Je ne sais pas où ils m'emmènent.

Ça doit être à mon tour de faire pipi. Papa doit s'inquiéter.

J'ai peur. C'est à cause de la guerre, tout ça.

Je me retourne. Par la vitre arrière, je vois les longs immeubles qui s'éloignent. Ma main effleure mon étoile. Je la déteste. Elle ne me porte pas du tout chance.

– Qui êtes-vous ? Où m'emmenez-vous ?
je crie.

Je repense à ce mot, dans le dictionnaire
de papa. Rafle.

– Vous êtes allemands, c'est ça ? Pourquoi
vous me raflez ?

La femme me fait un sourire. Elle paraît
gentille, mais je me méfie quand même.

– Non, nous ne sommes pas allemands.
Les Allemands sont parfois méchants avec
les enfants. Alors nous essayons de protéger ceux que l'on peut.

Est-ce qu'enlever un enfant sans l'auto-
risation de ses parents, c'est vraiment une
bonne façon de le protéger ? Je n'avais pas
l'air d'être tellement en danger au milieu
des immeubles en forme de U.

Je n'étais pas en danger puisque j'étais
avec papa, maman et Hélène.

C'est une belle et grande maison. La voici enfin, la campagne ! Il y a des volets bleus et des murs blancs, et des fleurs devant les fenêtres. Des oiseaux invisibles chantent dans les arbres.

J'ai dormi une partie du trajet, la tête sur les genoux de la dame.

Il est impossible de se réjouir des jolies choses quand on est malheureux. Je préférerais cent fois retourner aux immeubles en U tristes et sans fenêtres plutôt que d'être ici. Je préférerais cent fois être avec Hélène, maman et papa plutôt que de me retrouver entre ces gens que je ne connais pas. Ils vivent à la campagne, et alors ? Je ne vois pas ce que ça peut me faire.

Mais ce que je préférerais mille fois, c'est que maman, papa et Hélène soient avec moi pour découvrir cette belle et grande maison avec ses fleurs et ses volets bleus. Qu'on y reste un moment, et qu'après, on rentre tous les quatre chez nous en se tenant par la main.

Je suis un poisson. Hélène est un poisson. Papa et maman sont des poissons. Daniel, Lisa, Sophie aussi. Nous virevoltons dans l'eau bleue. L'océan est un jardin magique et féérique, un jardin de couleurs et de musique. Il y a des coraux et des coquillages géants, des algues qui dansent avec les vagues et des petits crabes, exactement comme dans mon imagier des fonds marins.

Mais, soudain, la musique s'arrête. L'ombre d'un méchant bateau vert foncé se profile, et un filet vient pêcher tout le monde d'un coup.

Tout le monde, sauf moi. Seul, j'échoue sur une plage déserte. Il n'y a plus de musique. Le bateau est déjà loin. Qu'est-ce que je vais devenir ?

Je suis trempé. Un instant, je crois que c'est l'eau de la mer qui n'a pas encore séché. Mais je suis dans un lit, dans une chambre de cette maison où je dors pour la première fois.

Je ne suis pas un poisson, juste un garçon qui se réveille d'un cauchemar.

Mon nom doit rester un secret. C'est ce que la dame m'a expliqué. Même mon prénom, je ne dois plus le dire.

À présent, je me nomme François. Comme celui de ma classe qui m'a traité d'étoile de mer.

Ça me fait bizarre. Je ne réagis pas tout de suite quand la dame m'appelle. Elle, c'est Catherine. Il y a aussi Guy, son mari, celui qui a conduit la voiture, Vincent, un grand, et Antoine, un garçon qui ne parle pas. Antoine est plus petit que moi. Je me demande s'il aime jouer aux billes. Pour l'instant, il reste dans son coin sans bouger.

– Est-ce que papa, maman et Hélène aussi vont dans des maisons comme celle-ci ? je demande à Catherine.

– Il ne faut plus parler d'eux pour le moment, me dit Catherine.

Catherine et Guy ont un chien, Rufus, et deux chats, Rayure et Moustache. Je leur ai posé la question : ils n'ont pas de poisson.

J'ai raconté à Catherine que c'était comme si j'avais encore sept ans alors que le 16 juillet est passé. Elle m'a fait une caresse sur la joue et m'a demandé si j'aimais le clafoutis aux cerises. J'ai dit oui, même si je préfère le gâteau aux pommes ou au chocolat. Dans le clafoutis aux cerises, il faut faire attention aux noyaux à chaque bouchée.

Vincent est parti ce matin. Catherine nous a expliqué qu'il allait dans une autre maison où se trouvait déjà son frère.

– Est-ce qu'Hélène va arriver ici, alors ? je demande, plein d'espoir.

– On ne peut pas savoir à l'avance quel

enfant on va réussir à faire sortir, François. Les grands sont plus méfiants, tu sais. Il faut attendre, et espérer.

Je comprends que je me suis fait avoir, et que peut-être Hélène, elle, restera sur ses gardes. Hélène est très intelligente. Elle réfléchit toujours avant de faire les choses.

Je comprends aussi que si je me suis fait avoir, c'est pour mon bien.

Guy m'emmène à la pêche avec Antoine. C'est génial ! Il y a un étang un peu plus loin, derrière la maison. Guy m'apprend comment accrocher un hameçon, puis attendre patiemment sans bouger que le poisson morde.

Les poissons d'ici sont des poissons-chats. On les appelle comme ça à cause de leurs moustaches. Comme Moustache, le chat de Catherine et Guy.

Rayure, lui, doit son nom à son pelage. C'est une sorte de tigre-chat, en petit.

C'est la première fois que je pêche. J'adore ça.

Antoine semble avoir peur des poissons. Guy lui donne une canne à pêche plus petite, avec un petit morceau de chiffon rouge en guise d'hameçon, et lui montre comment attraper les grenouilles. Antoine a l'air de bien aimer. Au moins, c'est une activité silencieuse.

J'ai pêché deux poissons ! Et quand on est revenus à la maison, ça sentait bon le clafoutis. J'ai soufflé mes bougies et Antoine a applaudi. Depuis la pêche, il s'est mis à dire quelques mots. Il a attrapé trois grenouilles. Catherine les a fait griller avec mes poissons et ceux de Guy. Ça n'a pas tellement de goût, une grenouille. Ça ressemble à du poulet, mais les morceaux sont si petits qu'on a à peine le temps de savoir si c'est bon ou pas. Je n'en avais jamais mangé.

Ça y est, j'ai huit ans pour de bon maintenant.

On a mangé le clafoutis dans le jardin et on a eu le droit de cracher les noyaux des cerises vers le chemin.

Catherine m'appelle « mon chat », c'est mieux que François.

Pendant qu'on jouait aux billes, j'ai demandé à Antoine s'il s'appelait Antoine avant. Il m'a expliqué qu'il ne pouvait pas me le dire, parce que c'était un secret. Je n'ai pas osé lui avouer que mon vrai prénom est Max.

On dort dans la même chambre, Antoine et moi. On a deux lits presque pareils. Dans le tiroir de mon chevet, j'ai rangé mon étoile. Catherine me l'a décousue le premier jour, et elle m'a aussi donné d'autres habits. Pas des habits neufs, mais ils sentaient bon la lessive. Un parfum de rose et de lilas.

Ici, il n'y a personne d'autre que nous.
Pas l'ombre d'un Allemand.

Je me demande si je suis encore juif.

Une petite fille vient d'arriver ! Ce n'est pas Hélène mais Julie. Elle a sept ans.

– Tu t'appelles vraiment Julie ? je demande dès que Catherine s'est éloignée.

– Non, je m'appelle Esther, mais je ne dois pas le dire.

Les filles sont nulles pour garder un secret.

La petite fille vient elle aussi des immeubles en forme de U. Je le sais parce qu'elle a dit qu'il n'y avait pas de fenêtre dans la chambre où elle a dormi. Ça ne peut être que là : n'importe où ailleurs, les chambres ont des fenêtres.

Je lui demande si elle connaît ma sœur.

– Elle est comment ?

Je lève ma main au-dessus de mon crâne.

– Grande comme ça, avec les cheveux roux-carotte.

La petite fille secoue la tête.

– Là-bas, tous les gens sont gris.

Comme sur les dessins de papa, je pense.

Cette petite fille a l'air bizarre. Peut-être qu'elle est bête, ou qu'elle a un problème de vue. Peut-être encore qu'elle voit des choses que les autres enfants ne voient pas. J'ai entendu dire que c'était possible.

J'ai demandé à Guy la permission de garder un poisson de la pêche. Il a bien voulu.

Catherine m'a donné un bol. Il est en verre ! Le poisson peut regarder au travers et nous voir.

J'ai posé le bol sur la petite table de ma chambre, sous la fenêtre. Le poisson me voit moi en plus de pouvoir admirer le ciel. Il n'est pas du tout aussi beau qu'Auguste. Ce poisson est gris, avec des reflets un peu rosés. On dirait qu'il est sale alors que ce n'est pas le cas. C'est parce que c'est un

poisson de la campagne tandis qu'Auguste
était un poisson de ville, m'a expliqué Guy.

Il a de petites moustaches.

Je l'ai appelé Nelson.

Au cirque, c'était le nom de l'otarie, grise
et luisante, qui faisait tourner un ballon sur
son nez.

– Tu es poisson ?

Juliesther est plantée devant moi. Elle fait semblant de former des bulles avec sa bouche.

Rayure traverse la pièce en courant.

– Non, je suis chat, je réponds en faisant mine d'avoir des griffes au bout des doigts.

– N'importe quoi ! Chat, c'est pas un signe gastronomique.

– *Astrologique*, je corrige. Je ne savais pas que tu parlais de ça. Je suis cancer.

Je me souviens des illustrations dans l'agenda de papa et j'imite des pinces avec mes mains.

– C'est un crabe, j'explique.

– Alors on est un peu pareils. On vient de la mer tous les deux. Moi, je suis poisson.

– Alors pourquoi tu ne viens pas à la pêche avec nous ?

– Parce que je ne veux pas faire de mal aux animaux.

– On ne leur fait pas de mal, je rétorque.

– Avoir un crochet en fer dans la bouche, tu crois que ça fait du bien ?

Je hausse les épaules. Je n'avais pas tellement pensé à ça.

Antoine s'appelle Sacha ! Il me l'a dit cette nuit.

Guy a rapporté un gros pot de miel. Catherine nous en a fait des tartines pour le petit-déjeuner. Ça faisait tellement longtemps que je n'avais pas mangé de miel que j'avais presque oublié le goût que ça avait. Et puis, hop ! c'est revenu en un claquement de doigts, en un claquement de langue, dès la première bouchée. Ce bonheur-là, si délicieux, liquide et sucré, collant et parfumé, je me suis promis de ne plus jamais l'oublier.

Catherine nous a présenté Cécile, une jeune fille qui viendra ici nous dire la leçon. Nous n'irons pas à l'école.

– Et pourquoi ? j'ai demandé.

Ça ne me dérangerait pas de retourner en classe, moi, surtout depuis que je n'ai plus d'étoile.

– Parfois, les adultes n'ont pas plus de réponse que les enfants, a soupiré Catherine.

Catherine a dit à Cécile qu'Antoine et moi étions frères et que Juliesther était notre cousine. Cécile a eu l'air de le croire sans difficulté.

– Guy, est-ce que c'est encore la guerre ? je demande.

– Oui mon p'tit. Mais rassure-toi, elle a interdiction de venir jusqu'ici.

Je veux bien croire Guy. Mais moi, j'ai bien l'impression que la guerre est finie.

2 ans,
17 clafoutis aux cerises,
56 poissons pêchés
et
9 dents de lait tombées
plus tard.

Catherine nous emmène à Paris, Antoine, Juliesther et moi. Elle a accroché une broche à son chemisier. Guy nous a conduits à la gare. Nous avons pris le train puis le métro. C'est un grand voyage.

Il y a du monde dans le hall. C'est un hôtel, mais nous n'allons pas y dormir. Nous rentrerons à la maison aux volets bleus quand il fera nuit. Catherine cherche des noms sur les listes qui sont affichées aux murs de la salle.

Les gens, soudain, pointent un nom et pleurent, ou rient, ou les deux à la fois.

Catherine non.

Avant de partir pour la gare, elle m'a demandé comment je m'appelais.

– François. François Doucet.

Je ne suis pas du genre à tomber dans le piège.

– Non, quand tu étais Max. Quel était ton nom de famille ?

C'était la première fois que Catherine prononçait mon vrai prénom depuis le jour où ils sont venus me chercher, Guy et elle.

– Geiger, j'ai répondu.

J'aime bien Doucet, parce qu'il y a « douce » dedans, mais Geiger, c'est moi, vraiment moi.

Catherine m'a demandé de l'épeler.

Sur les listes, il y a des Steiner, des Weiner, des Krieger, des Singer, des Zinger mais pas de Geiger.

Catherine a trouvé le nom d'Antoine mais pas celui de Juliesther.

– Et moi ? je demande.

Elle me sourit mais c'est comme si ses yeux voulaient pleurer.

Sur les listes, il y a les noms de tous les gens que l'on a retrouvés, à présent que la guerre est finie.

– Toi, tu vas avoir la grande chambre rien que pour toi, dit-elle tendrement.

Rien que pour moi et mes poissons, je pense. Nelson n'a pas vécu bien longtemps, mais maintenant j'ai Mars, Mercure et Pluton. Un saladier a remplacé le bol.

Je passe du temps à les contempler, et je vais en passer encore plus s'il n'y a plus Antoine.

Je ne sais même pas si Antoine va rester Antoine ou s'il va redevenir Sacha.

Je sais seulement qu'aucune absence ne sera jamais compensée par un poisson.

Brève chronologie
de la Seconde Guerre mondiale

Septembre 1939 : début de la Seconde Guerre mondiale.

Juin 1940 : l'Allemagne a envahi la France, signature d'un armistice entre les deux pays.

Octobre 1940 : une loi sur le statut des Juifs les exclut de nombreuses professions, une autre loi autorise l'enfermement des Juifs étrangers sur simple décision de préfet.

Mai 1942 : les Juifs âgés de plus de six ans doivent porter une étoile jaune en tissu sur leurs vêtements.

16 et 17 juillet 1942 : rafle dite du « Vélodrome d'Hiver ».

1944 : débarquement des Alliés (pays opposés à l'Allemagne) en Normandie, en juin. Recul de l'Allemagne. Abolition des lois sur le statut des Juifs en août.

8 mai 1945 : capitulation de l'Allemagne entraînant la fin progressive du conflit sur le continent européen.

Septembre 1945 : fin de la Seconde Guerre mondiale.

Pour mieux comprendre…

Antisémitisme et extermination des Juifs

Pendant la Seconde Guerre mondiale, les Juifs sont la cible principale de l'Allemagne nazie, qui les considère comme des « parasites », des personnes « inférieures ». Des lois antisémites, c'est-à-dire contre les Juifs, sont adoptées en France après la défaite du pays face à l'Allemagne. Ces lois obligent les Juifs à être visiblement identifiés (au moyen de l'étoile jaune qu'ils doivent porter sur leurs vêtements) et leur interdisent de plus en plus de choses, comme de sortir de chez eux entre 20 heures et 6 heures, d'exercer certaines professions, de fréquenter les piscines, les bibliothèques, les cafés et les restaurants, les cinémas, les théâtres et les musées, ainsi que les jardins publics, les magasins à certaines heures…

De nombreux Juifs sont arrêtés en France et en Europe, et beaucoup d'entre eux sont tués, notamment dans des camps d'extermination en Allemagne. Les historiens estiment que 5 à 6 millions de Juifs ont été assassinés pendant la Seconde Guerre mondiale, ce qui représente plus de la moitié de la population juive européenne de l'époque.

La rafle du Vél' d'Hiv'

Le Vélodrome d'Hiver, dit « Vél' d'Hiv' », était un bâtiment parisien où se déroulaient des rencontres sportives. Ses gradins pouvaient accueillir jusqu'à 17 000 personnes.

La rafle du Vél' d'Hiv' a lieu le jeudi 16 et le vendredi 17 juillet 1942. Pendant ces deux jours, 7 000 policiers et gendarmes français arrêtent 13 152 Juifs, dont 4 115 enfants, et les enferment dans le Vélodrome. C'est la première fois en France que des femmes et des enfants sont arrêtés parce qu'ils sont Juifs. La plupart des personnes ainsi raflées sont ensuite conduites vers des camps d'internement en France, avant d'être déportées en Allemagne. Moins de cent personnes ont survécu, parmi lesquelles aucun enfant.

Les camps d'internement et les camps d'extermination

Dans la ville de Drancy, au nord-est de Paris, se trouvait un camp d'internement : un vaste espace fermé par du fil de fer barbelé dans lequel on détenait des gens.

En mars 1942, un premier convoi de Juifs quitte Drancy pour rejoindre d'autres camps en Allemagne et en Pologne.

Certains de ces camps ont été appelés « camps d'extermination » car les prisonniers y étaient transportés pour y être tués. Le camp d'Auschwitz-Birkenau est le plus tristement célèbre d'entre eux.

Les cartes et tickets de rationnement

Pendant la guerre, la nourriture manque, surtout dans les villes. C'est pourquoi le gouvernement français instaure un système de rationnement dès mars 1940 afin de répartir ce qui est disponible. Les tickets de rationnement permettent d'acheter des quantités limitées de nourriture, mais aussi des vêtements ou du charbon pour se chauffer. Tous les français ne reçoivent pas la même carte de rationnement ni le même nombre de tickets, cela dépend notamment de leur âge.

La résistance française

Pendant la Seconde Guerre mondiale, des Français font preuve de « désobéissance civile » en luttant clandestinement contre l'occupant allemand et les Français qui collaborent avec lui. Pour cela, certains cachent des Juifs, d'autres envoient des renseignements aux Alliés, font sauter des voies ferrées, distribuent des journaux interdits... Ces résistants risquaient leur vie en agissant ainsi.

L'hôtel Lutetia

Le Lutetia est un hôtel de luxe du VIe arrondissement de Paris. À partir de 1940, il a été occupé par les services de renseignements de l'état-major allemand. En 1945, l'hôtel a servi de lieu d'accueil aux Juifs qui revenaient des camps de concentration. De nombreuses familles sont alors venues y chercher des informations sur leurs proches disparus.

Sophie Adriansen

Un jour, la vendeuse d'un magasin de chaussures m'a offert un poisson rouge. Je n'avais pas la moitié de l'âge de Max. Je l'ai fièrement rapporté dans un sac plastique empli d'eau. Mon grand-père ne m'avait pas encore appris à pêcher des poissons-chats dans l'étang.

Vingt-cinq ans plus tard, j'ai fait la connaissance d'une femme-courage qui a failli être raflée le 16 juillet 1942 et qui est, ce jour-là, allée chercher au commissariat ses deux petits frères qu'on avait arrêtés. Elle m'a raconté son histoire.

Max est né comme cela. Une nuit de décembre, soixante-dix ans après la rafle, il est venu me souffler que je devais à mon tour porter la voix des « enfants de juillet[1] ». Cette voix, je l'ai mêlée à mes souvenirs d'enfance, d'été, de grenouilles et de bougies sur des clafoutis aux cerises. Chaque année, je fête moi aussi mon anniversaire au cœur du mois de juillet.

---

1. Enfants qui ont vécu la rafle de juillet 1942.

Tom Haugomat

Né dans la grisaille parisienne en 1985, Tom Haugomat s'est vite intéressé au dessin et à son potentiel narratif.

Ses gribouillages le guident vers l'école des Gobelins en section « Conception et réalisation de films d'animation » où il se découvre une passion pour l'image en mouvement. Il y rencontre Bruno Mangyoku avec qui la conception des projets de court-métrage *Jean-François* (Arte, 2010) et *Nuisible* (Arte, 2013) se fait naturellement.

Tom a aujourd'hui adopté un style minimaliste et délicat, travaillant avec peu de couleurs et des réserves de blanc qui laissent respirer ses sujets.

Il continue la réalisation de films d'animation et travaille, en tant qu'illustrateur, autant pour la presse que l'édition jeunesse.

Vous avez aimé
MAX ET LES POISSONS
Découvrez...

L'ombre
Yaël Hassan et Rachel Hausfater
Dès 11 ans

Un matin, devant la porte de son immeuble, une ombre semble attendre Tom. Pendant des jours, l'ombre l'épie, l'ombre le suit, l'ombre l'appelle. Mais Tom, d'abord effrayé, ne la comprend pas. Pourtant, il veut savoir : qui est-elle ? que veut-elle ? Guidé par cette silhouette de plus en plus familière, il découvre la tragédie de la seconde guerre mondiale et le secret de celle qui le hante...

Je me souviens, Rebecca
Nathalie Somers
Dès 11 ans

André vit au Chambon-sur-Lignon, village du Massif central où, en pleine Seconde Guerre mondiale, la population cache des réfugiés juifs. Un jour, une jeune fille à l'étincelante chevelure rousse arrive dans sa classe. Elle dit s'appeler Simone, mais André devine vite que c'est un faux prénom, qui dissimule son origine juive. Dans l'espoir de la voir plus souvent, il décide alors de devenir messager pour un chef local de la résistance, chez qui la jolie nouvelle est cachée...

N° d'éditeur : 10203765
Achevé d'imprimer en janvier 2015
par Jouve (53100 Mayenne, France)
N° d'impression : 2180315L